C'EST MERVEILLEUX
LA VIE !

À Colette Liégeon

22, rue Huyghens, 75014 Paris

www.albin-michel.fr

ISBN : 2-226-11900-0
N° d'édition : 12215
Dépôt légal : 2e semestre 2001

FRANÇOIS VALLET

C'EST MERVEILLEUX LA VIE !

ALBIN MICHEL

Avant-propos

Un patient quelque peu déprimé se rend chez son médecin. Ce dernier l'écoute avec beaucoup d'attention et rédige ainsi son ordonnance :
« Lire pendant dix jours les poèmes suivants matin et soir :
Agir, je viens de Henri Michaux,
Oser encore d'Andrée Chedid,
Sur le rivage de Rabindranath Tagore. »

Il lui remet la petite feuille et conseille en tapotant son épaule : « Après guérison, continuez le traitement. Il n'y a rien de meilleur pour le moral. »

Dans le même sens, Hermann Hesse écrivait que nos bibliothèques recèlent tous les médicaments dont nous avons besoin pour nous rasséréner. Et en effet, pourquoi ne pas imaginer une nouvelle spécialité de la médecine, la *poéthérapie* ? En voici le premier ouvrage. Vous trouverez concentrés en un seul volume des poèmes sélectionnés parmi des milliers d'autres pour leur qualité « énergisante », insufflant la joie, la vitalité, la paix, la sérénité.

Ils sont extraits des œuvres de Baudelaire, Rimbaud, Eluard, Rilke, Tagore, Chedid, Guillevic et bien d'autres.
Ce sont des pépites d'or, des instants de lumière, des épiphanies (au sens où l'entendait James Joyce – c'est-à-dire des passages où n'est évoquée aucune douleur, peine ni affliction). S'adressant directement au lecteur, recourant volontiers au « tu », ils invitent à se dépasser, regarder, écouter, agir. Bref ils ensoleillent le quotidien de chacun, ouvrent des perspectives d'ascension, d'infini, et font taire peu à peu toute pensée nuisible, négative, limitative.

Vos trois objectifs à la lecture de ces poèmes sont tout d'abord de créer du calme, de la paix en vous, vaincre l'anxiété, les angoisses ; ensuite, d'intégrer à votre vie les poèmes qui vous semblent les plus apaisants, dont les résonances sont les plus bénéfiques et les plus valorisantes pour vous ; et finalement, de vivre votre être dans son immensité poétique.

Soyez calme en lisant ces textes, le plus détendu possible. Laissez-vous séduire par les mots, afin qu'ils s'infiltrent dans vos pensées, rejoignent les contrées les plus apaisées de votre esprit. Il est préférable de les lire le matin au lever, ou encore le soir avant de se coucher, afin de s'en imprégner, les laisser infuser. Leur douceur, leur beauté s'accorderont harmonieusement aux songes de vos nuits. À tout instant de la journée, vous pouvez ouvrir ce livre au hasard et lire un passage. Ou encore vous pouvez choisir un texte chaque jour, qui vous accompagnera à n'importe quel moment jusqu'au soir pour vous apaiser, lutter contre le stress.

Nous sommes tous des porteurs de poèmes, ceux déjà écrits, ceux qu'il reste à écrire, ceux que nous pouvons lire et relire sans cesse, qui dégagent une ouverture vers des hauteurs où notre regard oublie trop souvent de se diriger. N'oubliez jamais cela... on finit par devenir le poème que l'on adopte. Pourquoi ne pas vous approprier ces textes et la vie qu'ils recèlent ? À leur lecture de chaque instant, pourquoi ne pas connaître la vie côté soleil ?

Commence - n'attends pas le phénix.
Tes pas seront des semences.
Souvent tu seras l'eau,
souvent tu seras le roc.
Tu deviendras parfois le vent.
Tu deviendras
roi des horizons, roi des chars de lumière.

Adonis

Il n'y a pas de murs
Je te le dis il n'y a pas de murs
Où nous sommes je chante et je demeure
Où nous sommes le présent est sans âge
Si je m'éveille avec l'aurore
Tu es déjà en ma vie
Où nous sommes les sources se délient
L'ancre n'est pas du voyage
Je te le dis.

Andrée Chedid

Appelle donc les choses
au secours de ta croyance.
Le monde est prêt à être
selon tes vues.

Joë Bousquet

Hâte-toi de transmettre
Ta part de merveilleux de rébellion de bienfaisance
Effectivement tu es en retard sur la vie
La vie inexprimable.

René Char

Hâte-toi, c'est de la joie humaine
et brillante qui t'attend au détour
de ce monde démembré, que l'on
parle dans la langue de l'asphalte !
Il y a des revers, des sources scellées,
des lèvres sur des tambourins et
des yeux sans indifférence.
Le sel et le feu t'attendent
sur la colline minérale de
l'incandescence de vivre.

Tristan Tzara

Avec la puissance de l'aigle
Et la noblesse du lion
Viens dans l'entrepôt de l'âme
avec des yeux qui ne soient pas avides.
Hâte-toi de te rendre là
où ne sont ni tôt ni tard
Vers les hauteurs,
là où n'existe ni haut ni bas

Rûmî

Que cherches-tu ? Ce n'est pas
quelque chose qui ait disparu.
On ne peut dire exactement quand
cela fut, quand cela cessa d'être,
Mais ce fut une fois, et c'est encore,
Car c'est en toi.

Friedrich Hölderlin

Tu laisses quelqu'un nager en toi, aménager en toi, faire du plâtre en toi, et tu veux encore être toi-même !

Henri Michaux

Dis donc ce qui vient de toi.
Dis tout ce qui te soulève
Au-dessus des contingences.
Le monde attend d'être dit,
[...]
Ce qui est dit t'est donné :
Le monde et son mot de passe.

François Cheng

Le premier et le dernier
le seul matin du monde
respire en toi.

Alain Suied

Voici le fil
de la poésie.
Les faits comme des moutons
portent
de la laine
noire
ou blanche.
Appelle-les et il viendra
de prodigieux troupeaux,
héros et minerai,
la rose de l'amour,
la voix du feu,
tout viendra près de toi.

Pablo Neruda

Tout est accessible à tous,
Tout est pour les individus,
tout est pour toi,
Aucune condition n'est
interdite, ni celle de Dieu,
ni aucune autre.

Walt Whitman

Fais ta vie et n'attends rien des autres
Fais ta vie loin des mauvais apôtres
[...]
Fais ta vie, sur ton chemin avance.
Crois-en lui, c'est pour demain la chance
Crois-en toi garde ta foi, ça ira !

Charles Trenet

Quel chemin, ami, ne se contente ?
Quel chant ne rompt le tocsin ?
En quelle terre fugace reprendre vie,
Si ce n'est en l'autre
Par-delà le soupçon ?
Oser encore recourir à l'espoir
Oser encore

Andrée Chedid

Tu n'as pas réussi
À faire de tous les
instants de ta vie
Un miracle.
Essaie encore.

Eugène Guillevic

C'est de ta soif
Que naît la source.
Ainsi commença la mer.

André Rochedy

Ne dis pas que la plaine
est vide, découvre-toi.

Pierre Dhainaut

Il n'y a près de toi personne ?
        Écoute
la profonde respiration de la mer
déjà dans ton sang.
        Écoute
et le frisson reviendra.

José Agustin Goytisolo

D'un regard mesure le vide
Accomplis ton œuvre et restes-en détaché
Choisis la flèche invisible d'éternité en absolu
L'évasion où vient éclore la grande aube qui n'est
La cible d'aucun retour.

André Velter

Quoique le son domine,
Chante, ta chère voix révélant
L'accent
D'un monde loin du nôtre
Où musique, clair de lune, passion,
Sont uns.

Percy Bysshe Shelley

Dans la source de tes yeux
vivent les nasses des pêcheurs
de la mer délirante.
Dans la source de tes yeux
la mer tient sa parole.

Paul Celan

Si tu plonges en toi
feuilles branches
confondues
Par-delà tout oubli
Tu transmues
En chant
le vent

François Cheng

Après un temps
Prends une rose, nomme-la
chant
Et chante pour les mondes

Adonis

Si tu cries, le monde se tait
la nuit t'accueille si tu chantes ton cri

Daniel Maximin

Laisse parler la voix en toi
dans l'antre profond où ne s'aventure
le savoir, brave l'angoisse
du jour détruit, du visage trop cher
asphyxié d'ombre - un autre vient
dont un seul mot lève et apaise
la tempête, un autre vient dans ton silence
qui cherche à dire son nom
comme un baiser inconnu sur tes lèvres

Gérard Pfister

Le passé, l'avenir, la majesté, l'amour
- si tu es absent de cela, cela est
absent de toi.

Walt Whitman

Le Monde a soif
d'amour, tu viendras
l'apaiser.

Arthur Rimbaud

Fais de ta solitude
un monde d'amour.

Joë Bousquet

Aime sans savoir pourquoi tu aimes

Jean-Claude Renard

Tu sais :
l'amour du monde
est beau comme
une question
sans réponse

Marc Delouze

Choisis le privilège d'aimer.
Choisis. Aime la vérité intérieure
des êtres, jamais leur
Désir factice.

Alain Suied

Et toi, que serais-tu
Si tu n'avais l'amour ?

Georges Ribemont-Dessaignes

Tu voudrais être aimé ?
Donc que ton cœur ne s'écarte
de son sentier présent !
Étant de tout point
ce que tu es maintenant,
ne sois rien de ce que tu n'es pas.

Edgar Allan Poe

Accueille encore,
Recueille encore.

Eugène Guillevic

Aime, et tu renaîtras, fais toi fleur
pour éclore.
Il faut aimer sans cesse,
après avoir aimé.

Alfred de Musset

Laisse-toi donc aimer ! - Oh ! l'amour, c'est la vie.
C'est tout ce qu'on regrette et tout ce qu'on envie
Quand on voit sa jeunesse au couchant décliner.
Sans lui rien n'est complet, sans lui rien ne rayonne.
La beauté c'est le front, l'amour c'est la couronne :
Laisse-toi couronner !

Victor Hugo

Ne t'attarde pas
à l'ornière des résultats

René Char

Sois ce qui se fait avec soi.
[...]
Extrais de toi
plus que toi.

Jean-Claude Renard

sors tes mains
étale-les au grand soleil des fécondations
relis la carte de tes paumes
observe ton poignet
jusqu'à ce que t'en apparaissent les pulsations
chaque battement libérera une graine

Abdellatif Laâbi

Sème une graine, la terre
te donnera une fleur.
Élève ton rêve jusqu'au ciel
et le ciel te rendra ton être
aimé.

Khalil Gibran

Allons, à nous la puissance,
la liberté, la terre, les élé-
ments, [...] la santé, le défi,
la gaieté,
l'amour-propre, la curiosité

Walt Whitman

Libère le chemin, laisse
à la graine son vouloir profond
[...]
Ne cherche plus.
Multiples sont les voix
qui veillent dans l'obscur.

Unique
l'astre en devenir,
si haut

sur la durée.

Claude Esteban

Dresse-toi. Exige. Tu es flamme brûlante,
et ta conquête est sûre où l'horizon définitif
devient goutte de sang, devient goutte de vie ;
tes épaules en ces lieux, porteront l'univers,
et sur cet univers porteront ton espoir.
Sors. Contemple le ciel,
résolu et sans crainte d'être fou.

Miguel Angel Asturias

Aime le danger. Qu'y a-t-il de plus difficile ? C'est cela que je veux. Quel est le chemin à suivre ? Celui qui monte, le plus escarpé. C'est celui que je prends, suis-moi !

Nikos Kazantzaki

Oui : ne renonce pas encore
à la jouissance de l'instant ;
ajourne un peu plus la rencontre
avec ce corps qui a embrassé
l'obscurité. Tu as du temps pour
apprendre à épeler leurs phrases
de terre. Et chante, tant qu'il ne
fait nuit, ce vent qui agite ton âme.

Nuno Judice

Lève-toi, l'air est jeune et l'eau brille de brises
Et les joies de jadis soupirent dans l'écho.
Ceins-toi d'amour ardent pour ceux que tu méprises :
Le monde est tien, comment peut-il n'être pas beau ?

O. V de L. Milosz

Que ta vie ne soit qu'espoir.

Joë Bousquet

Ne te décourage pas, persévère,
il y a des choses divines
soigneusement enveloppées, [...]
Je te jure qu'il y a des choses divines
plus belles que les mots
ne sauraient dire.

Walt Whitman

Éveille-toi ! Lève-toi ! Viens
Aux forêts sauvages et aux prairies,
Aux mares où pluies d'hiver
Dessinent leur toiture de feuillage ;
[...]
Où la terre et l'océan se rencontrent ;
Où toutes choses semblent une
Dans le soleil universel.

Percy Bysshe Shelley

Approche, sans le connaître ce que tu fuis.

Roger Siméon

L'espoir est le terme galant
de tes envies
Tiens-toi debout,
ne reste pas assis.

Jean Cayrol

C'est à un combat sans corps qu'il faut te préparer, tel que tu puisses faire front en tout cas, combat abstrait qui, au contraire des autres, s'apprend par rêverie.

Henri Michaux

Éveille, ô éveille-toi !
Dormeur du royaume des ombres,
éveille-toi et respire !
Je suis en toi et toi en moi,
en un amour mutuel et divin

William Blake

rien au monde
ne pourra t'obliger
à plier genou
renoncer
à ton identité humaine
Ne mesure pas ta force
à la balance de tes
bourreaux

Abdellatif Laâbi

Fais comme moi, regarde, heureux, sans défiance,
L'instant droit dans les yeux. Ni délai, ni détour.
Marche vers lui rempli d'ardeur, de bienveillance,
Qu'il s'agisse d'affaire, ou de joie, ou d'amour.
Sache, d'un cœur d'enfant, être tout le possible,
Et tu deviendras tout, tu seras invincible.

Johann Wolfgang Von Goethe

Repousse par décret les
affirmations que le vent
ne te dicte pas.

Pierre Oster

Ne commets que des actes
qui soient gagés par le ciel
et la nuit et le vent qui
change les jours.
Ne rien se permettre
qui ne soit à l'échelle
des mouvements du ciel.

Joë Bousquet

Alors va ! avance sans armes
Le long de la vie, ne crains rien.
Que tout te soit béni de ce qu'il adviendra,
Et tourné à la joie ! ou quelle peine, ô cœur,
Crois-tu qui pourrait te blesser,
Où tu dois aller qu'elle malencontre ?

Friedrich Hölderlin

Oppose au siècle un front
de courage et d'honneur.
Bande ton cœur moins faible
au fond que tu ne crois.

Paul Verlaine

si les chaînes t'empêchent de marcher
garde les yeux ouverts
Si ta nuque
t'empêche de lever la tête
garde les yeux ouverts
Si on te ferme les yeux de force
rouvre-les
dedans le continent sismique
de ton corps

Abdellatif Laâbi

Toi

Qui que tu sois !
Je te suis bien plus proche qu'étranger.

Andrée Chedid

Ne parle pas, ne demande pas,
approche-toi, approche ton oreille
n'entends-tu pas une respiration ?
Là, de l'autre côté,
quelqu'un comme toi demande :
qui est là derrière cette porte ?

Octavio Paz

Ne sois pas lascif et peureux
Comme le lièvre et l'amoureux.
Mais que toujours ton cerveau soit
La hase pleine qui conçoit.

Guillaume Apollinaire

Triomphe et frappe du pied la terre, car qui s'attache à rien, C'est qu'il n'en est plus le maître, et foule la terre sous tes pieds comme quelqu'un qui danse ! Ris donc, je le veux, de te voir, Ris, immortel ! de te voir parmi ces choses périssables ! Et raille, et regarde ce que tu prenais au sérieux ! car elles font

semblant de passer et elle ne
cessent pas d'être là !
[...]
Pour transformer le monde il n'est
pas besoin pour toi de la pioche
et de la hache et de la truelle
et de l'épée,
Mais il te suffit de le regarder
seulement, de ces deux yeux de
l'esprit qui voit et qui entend.

Paul Claudel

Courage ! la vie est en marche
Vers l'éternité bienheureuse.
Gonflé d'ardeur intérieure,
L'esprit flamboie et s'illumine.
Les étoiles vont se dissoudre
En liqueur vivante et dorée,
Nous boirons ce vin de lumière,
Nous serons des astres aussi.

Novalis

Tu dois avancer :
tu sais que seul
un écho
te parviendra
de l'horizon inaliénable
mais
de ce reste de lumière
tu couronneras
le vivant.

Alain Suied

comme si tu retirais
le monde du monde
pour une éclaircie qui traverse tout

pacte des plus grands arrachements

territoire de la grâce
au passage blanc du vivant

Zéno Bianu

je me remplace par toi
je me change
pour n'être plus que ton accueil

Henri Meschonnic

Tu vaux bien mieux que toi.
Ne dis rien : sois !
Grâce du corps dénudé
Qui non visible se voit.

Fernando Pessoa

Qui que tu sois,
je t'annonce des choses
sans fin !

Walt Whitman

Toujours de tous les êtres
Sœur ou frère deviens,
Que tous en toi pénètrent :
Plus de tien ni de mien.

Hermann Hesse

Mille et trois !
Ils se poussent, ils se pressent,
Ils sont en toi, en dehors de toi, frère, tes frères,
Mille et trois fois mille et trois.
Souviens-toi, que faisais-tu de ta jeunesse ?

Georges Ribemont-Dessaignes

Quand chacun de tes jours
Te sera sacré,
Quand chacune de tes heures
Te sera sacrée,
Quand chacun de tes instants
Te sera sacré,
Quand la terre et toi,
L'espace avec toi
Porterez le sacré
Au long de vos jours,
Alors tu seras
Dans le champ de gloire.

Eugène Guillevic

Autrui n'est autre que
ton propre être,
plus sensible encore,
habitant un autre corps.

Khalil Gibran

Puise autant que tu peux
Et tu ne retranches rien au fil du courant
L'eau te traverse
Et te laisse tempes limpides

André Velter

Sois calme. Le repos va du cœur au visage :
La tranquillité fait la majesté du sage.
[...]
La joie est la chaleur qui jette dans les âmes
Cette clarté d'en haut qu'on nomme Vérité.
La joie est pour l'esprit une riche ceinture.
La joie adoucit tout dans l'immense nature

Victor Hugo

– Calme, calme, reste calme !
Connais le poids d'une palme
Portant sa profusion !

Paul Valéry

Instants sauvés qu'aucun souci n'éclaire
qu'aucun but ne soutient, livrés,
sans recours à l'intensité blême du présent
Le chaos était ta vie, et tu t'éveilles
un enfant marche sous le bouclier d'or
des paupières, est-il plus nécessaire
clarté que ce désert, ce hasard
où tu nais, est-il plus forte parole
que cette voix où s'égale ton destin

Gérard Pfister

Si tu te couches
sur le sable laissant
la plage te porter
Si tu n'es plus que
pesanteur et souffle calme
Tu sentiras peut-être la
tourne de la terre

Claude Roy

« Réjouis ton âme de choses riches »
dit le prêcheur !

Ezra Pound

Tout a lieu dans le cheminement
tout commence à la pierre,
à la couleur, au visage,
à la couleur et au visage assemblés,
à la pierre et à la couleur délestées,
fondues selon ta patience.

Gisèle Prassinos

Sois attentif à l'homme
intérieur :
en cela consiste la vie
extérieure
comme la vie intérieure.

Thierry Metz

Dans la clairière,
Roche blanche, tout,

Aussi bien le ciel
Que les feuillages,
Tout dit comme toi :

Puisqu'il y a lumière
Il y a possibilité de joie

Eugène Guillevic

Déposer et dénouer le fardeau
comme un enfant assis au milieu de ses jouets
tu contemples ce qu'est ta vie
ton regard est un miroir très pur
les nuages sont autour de toi, tu comptes
une à une les pensées, les formes
Délaissé tout espoir, délesté
ton corps de tout orgueil, toute violence
les morceaux épars de ta vie
dérivent au fil du temps
comme entre les roseaux du fleuve
un dieu caché dans un lit d'enfant

Gérard Pfister

La paix des voûtes
La paix des prairies refleurissantes
La paix rentre en toi

Comme une fumerolle
S'envole tout le pesant de dessus tes épaules accablées
[...]
Plus de tenailles
Plus d'ombres noires

Plus de craintes
Il n'y en a plus trace
Il n'y a plus à en avoir
Où était peine, est ouate
Où était éparpillement, est soudure
Où était infection, est sang nouveau
Où étaient les verrous est l'océan ouvert
L'océan porteur et la plénitude de toi
Intacte, comme un œuf d'ivoire.

Henri Michaux

Rentre en toi-même ; ainsi te concentrant,
Apprends à lire, à voir, à reconnaître,
Concentre-toi – tout n'est plus qu'apparent.
Concentre-toi – l'apparent devient l'Être.

Hermann Hesse

Ta fantaisie,
elle est immense,
active, ardente

Paul Verlaine

C'est l'heure où chaque chose
de lumière à toi seul est donnée
C'est l'heure où ce qu'on dit
semble aussitôt occuper
tout l'espace
Elle a pour toi les yeux sans fard
de toutes les femmes qui passent
Regarde bien vers toi venir
amoureusement la journée.

Louis Aragon

Vois sur ces canaux
Dormir ces vaisseaux
Dont l'humeur est vagabonde ;
C'est pour assouvir
Ton moindre désir
Qu'ils viennent du bout du monde.
- Les soleils couchants

Revêtent les champs,
Les canaux, la ville entière,
D'hyacinthe et d'or ;
Le monde s'endort
Dans une chaude lumière.
Là, tout n'est qu'ordre et beauté,
Luxe, calme et volupté.

Charles Baudelaire

Repose-toi du son dans le silence,
et, du silence, daigne revenir au son.
Seul si tu peux, si tu sais être seul,
déverse-toi parfois jusqu'à la foule.
Garde-toi bien d'être un asile.
Ne crois pas à la vertu d'une vertu durable :
romps-la de quelque forte épice qui brûle et
mord et donne un goût même à la fadeur.
Ainsi, sans arrêt ni faux pas, sans licol et sans
étable, sans mérites ni peines, tu parviendras
non point, ami, au marais des joies immortelles.
Mais aux remous plein d'ivresse du grand fleuve
Diversité.

Victor Segalen

Garde fidèlement
le visage de l'aube.

Pour la traversée des ténèbres
le passeur cherchera
dans tes yeux
l'obole de lumière.

André Rochedy

Contemple. Sous ton front
que tes yeux soient la source
qui charme de reflets ses rives
dans sa course... Sur la terre
étoilée surprends le ciel,
écoute le chant bleu des étoiles
en la rosée des mousses.
Respire, et rends à l'air, fleur
de l'air, ton haleine, et que ton
souffle chaud fasse embaumer

des fleurs, respire pieusement
en regardant dans le ciel, et que
ton souffle humide étoile encore
les herbes.
Laisse nager le ciel entier dans tes
yeux sombres, et mêle ton silence
à l'ombre de la terre : si ta vie ne
fait pas une ombre sur son ombre,
tes yeux et sa rosée sont les
miroirs des sphères.

Paul Fort

te glissant par la porte où ne passe personne,
tu t'en iras cueillir le myrte aux rameaux d'or.
Son éclat et celui de la rouge anémone,
dans la nuit rajeunie, te guideront aux bords
de la vraie vie et du pur accomplissement.
Là les songes sont sûrs, terribles et puissants.
Par le bleu matinal d'un éternel demain
ils viendront tous à ta rencontre, âme guérie,
et tu reconnaîtras, se tenant par la main,
tes grandes sœurs : Amour, Liberté, Poésie.

Jean Cassou

Sais-tu que l'infini se porte au doigt ? Qui baise cette aube guérit de son visage.

Jean-Pierre Siméon

À pleine bouche
À pleine rives
dans tes marais
dans tes clairières

pénétrant la pulpe des silences
t'apaisant de la parole offerte
t'amenant au feu secourable

Toi
si brièvement
Présent

VIS !

Andrée Chedid

Donne ton temps à ta vie,
et ce ne sera plus le
temps et ce sera la vie.

Joë Bousquet

Éloigne-toi des eaux
endormies
et cours à la rencontre
du sapin ivre,
les felouques sont des
rosiers sauvages.
Que pousse donc le nectar
au cœur !

Tahar Bekri

Demande, ô voyageur, pour descendre la vie,
Ce que m'offre ce fleuve en descendant son cours !
Une route facile au gré des flots suivie,
Un rivage qui chante au gré de ton envie,
Un flot calme, un ciel pur, un vent tiède, et des jours
Que le soleil fait longs, que le plaisir fait courts !

Alphonse de Lamartine

Pars, éloigne-toi
Étreins les vagues et l'air
Emporte sur tes cils les nuages, les éclairs

Adonis

Pars courageusement, laisse toutes les villes ;
Ne ternis plus tes pieds aux poudres du chemin ;
Du haut de nos pensers vois les cités serviles
Comme les rocs fatals de l'esclavage humain.
Les grands bois et les champs sont de vastes asiles,
Libres comme la mer autour des sombres îles.
Marche à travers les champs une fleur à la main.

Alfred de Vigny

Impose ta chance, serre ton bonheur et va vers ton risque.
À te regarder, ils s'habitueront.

René Char

et quand
connaîtras-tu
ce calme
sans lequel
se refuse
l'origine
scrutant
cet œil
où tu
travailles
à naître

Charles Juliet

Combien de ports pourtant, et dans ces ports
combien de portes, t'accueillant peut-être.
Combien de fenêtres
d'où l'on voit ta vie et ton effort.
Combien de grains ailés de l'avenir
qui, transportés au gré de la tempête,
un tendre jour de fête
verront leur floraison t'appartenir.
Combien de vies qui toujours se répondront ;
et par l'essor que prend ta propre vie
en étant de ce monde
quel gros néant à jamais compromis.

Rainer Maria Rilke

Viens ! Le soleil te parle
en paroles sublimes ;
Dans sa flamme implacable
absorbe-toi sans fin ;
Et retourne à pas lents
vers les cités infimes,
Le cœur trempé sept fois
dans le néant divin.

Leconte de Lisle

Va-t'en de ton chemin,
sors de tous les chemins,
toi qui n'as pu jamais
obtenir un destin !
C'est l'écho de tes pas
qui forme un tel silence.

Mais que vitres et toits enfin
vibrent de rire,
et les jardins des rois
que ta seule présence,
sous le poids de sa cendre,
empêche de surgir !

Jean Cassou

Va sur l'hiver. La terre tâtonnante et riche
Éprouve le silence. Adore en toi le chant
De son étendue qui, sûre, lointaine, épaisse,
Protège ta calme alliance au front des champs
Et te fait plus humain, plus dense de leur grâce.

Georges-Emmanuel Clancier

Entends chanter gaiement la grive
Ce prêcheur de génie
Pénètre en la clarté des choses
Par la nature instruit.

Elle offre un monde de richesses,
Pour combler le cœur et l'esprit,
La sagesse innée d'un corps sain,
La vérité, don d'allégresse.

William Wordsworth

Car, partout où ton cœur cherchera le silence,
Il entendra toujours la vasque dont le bruit
Retrouve, attend, rejoint, accompagne et devance
L'oreille qui l'écoute et le pas qui le suit.

Henri de Régnier

Ne ruine pas l'enfance de ta joie.

Jean-Pierre Siméon

Comme la Terre est encor belle
Pour toi, combien fertile en Joie ;
Combien libre de maux réels
Ou d'obscurs fantômes de peine !
[...]
D'où vient que tu tiennes encor
D'une main sûre le trésor
Des ravissements du jeune âge
Si près de la maturité ?

Emily Jane Brontë

Ouvre les yeux rends-moi
Le pont d'un regard neuf.

André Pieyre de Mandiargues

Oh ! dis, c'est bien
en nous que se féconde
Le plus joyeux et doux
jardin du monde.

Émile Verhaeren

Tu chantes !

Pour un temps s'apaise
L'univers en tornade
que tu portes dans tes flancs

Tu danses !
Ton corps brûle ses frontières
T'emporte hors de ton corps

Tu cries !

Ta fureur attise l'âme
des univers éteints

Andrée Chedid

Cours le risque du dieu.

Jean-Claude Renard

Il te faut rire au vent avec sa joie
Et lui parler et le tenter, le conquérir
Avec aux yeux le reflet même de la voix
Dont il a su baigner, lécher à l'horizon
Ce jour.

Georges-Emmanuel Clancier

Ouvre tes portes et regarde au loin.
Dans ton jardin en fleurs, cueille les souvenirs parfumés des fleurs fanées d'il y a cent ans.
Puisses-tu sentir, dans la joie de ton cœur, la joie vivante qui, un matin de printemps, chanta, lançant sa voix joyeuse par-delà cent années.

Rabindranath Tagore

Viens errer ta liberté et rire de l'espace !

Tahar Bekri

Tout se prépare et va
vers la joie manifeste ;
la terre et tout le reste
bientôt nous charmera.

Nous serons bien placés
pour tout voir, tout entendre ;

on devra même se défendre
et parfois dire : assez !

Encore si on était dedans ;
mais l'excellente place
est un peu trop en face
de ce jeu émouvant.

Rainer Maria Rilke

Laisse monter, laisse bruire
Et s'en aller le rire ;
Laisse passer la foule et ses
milliers de voix.

Émile Verhaeren

Souffle, regarde en moi, tous deux
Nous rirons ainsi du passé,
Car ce rire, sans fin connue,
Apporte du secours au rire.

Le minéral, le végétal,
Sont noyés dans ce même groupe,
Afin que, de l'éternité,
Pour chacun d'eux arrive un rire.
Rire du père et de la mère
T'emporte dans la roue du monde,
L'Un dans sa bonté te montra,
Quel que fût ton état, le rire.
À l'instant où la bouche rit,
Regarde le rire du souffle :
Ce rire qui n'a pas de dents
Dépose sur ta lèvre un rire.

Mowlânâ

Le bonheur est dans le pré.
Cours-y vite, cours-y vite.
Le bonheur est dans le pré.
Cours-y vite. Il va filer.
Si tu veux le rattraper,
cours-y vite, cours-y vite.
Si tu veux le rattraper,
cours-y vite. Il va filer.

Paul Fort

Ne pense pas ; chante.
Toute science est vaine,
N'aime que la beauté.
Et qu'elle soit pour toi
toute la vérité.

Charles van Lerberghe

cette lumière
que je maintiens en toi
et celle qui nous vient
du soleil

vois
comme elles se mêlent
fusionnent
t'installent
dans la joie

Charles Juliet

Si tu chantes la beauté, même dans la solitude du désert, tu trouveras une oreille attentive.

Khalil Gibran

Quand aura grandi
ton corps, n'oublie
qui tu fus, qui
tu seras. N'oublie
sa joie

Gérard Pfister

Tu
es
ton présent,
ton fruit :
prends-le
sur ton arbre,
élève-le
sur ta
main,
il brille
comme une étoile,
touche-le,
mords dedans et marche
en sifflotant sur le chemin.

Pablo Neruda

tu peux choisir un instant et le garder
pour toi comme quand on est enfant
on garde soigneusement un trésor
très petit
[...]
Dis-moi Qu'as-tu choisi ?
Qu'est-ce que tu veux garder ?
Que veux-tu conserver
dans la tirelire à temps
dans ce léger trésor
d'un bref instant sauvé ?

Claude Roy

Tu écoutes le bruit d'abeilles des choses claires,
Son gonflement parfois, cet absolu
Qui vibre dans le pré parmi les ombres,
Et tu te laisses vivre en toi, et tu t'allèges
De n'être plus ainsi hâte ni peur.

Yves Bonnefoy

Dans la nécessité de faire,
Fonde sur ce qui est présent,
Ne t'écarte jamais.

C'est là l'éternité de
L'éphémère, l'écrit et la distance,
L'absence recueillie
        Et c'est là pénétrer droit
Au cœur de l'objet.

Pierre Torreilles

Donne cette main
que tu n'as plus,
le pinceau neuf,
la courbe du soleil intacte.

Claude Esteban

Ne juge pas si lointain ce qui peut s'atteindre
Bien que le couchant t'en sépare
Ni si proche ce qui, voisin,
Est plus loin que le soleil.

Emily Dickinson

Ton désir impérieux
est de toucher les lèvres,
les falaises,
érafler le gré des villes.
Touche, effleure, érafle
ce qui se montre tel,
sans artifice.

Yves Simon

Viens Surgis Écoute

Sous un ciel parfois simple
Les mots lancent des passerelles
Et le printemps s'aiguise
Aux branches révolues

Viens Surgis Regarde

Certains yeux ont rivages
Certaines mains fondent des lieux,
Et des fêtes d'herbe s'évadent
Du désert le plus nu.

Andrée Chedid

Ouvre l'œil et regarde,
tu verras ton visage
dans tous les visages.
Tends l'oreille et écoute,
tu entendras ta propre voix
dans toutes les voix.

Khalil Gibran

Tu posséderas le meilleur
de la terre et du soleil (il reste
encore des millions de soleils),
Tu ne prendras plus les choses
de deuxième ou de troisième
main
[...]
Je veux que tu écoutes
tout le monde et que tu filtres
les choses à travers toi.

Walt Whitman

Lève les yeux.
Dans la proximité
La chair si douce et si patiente de l'oubli
Surveille l'éclosion
[...]
Car il n'est pas de prophétie
Pas de temps oublié
Il n'est que verticalité dans la lumière
insomnieuse
Où la forme accomplie devient
Le contenu visible.

Pierre Torreilles

Viens voir
Les pierres qui parlent
Éternellement assises
Dans le souvenir de la terre
Tendu vers les yeux du cœur.

Zakari Dramani-Issifou

Et vois, la pierre
A des mots infinis dans l'herbe du seuil,
Et là, dans la chaleur,
Ce qui n'a pas de paix est la paix encore.

Yves Bonnefoy

Regarde encore :
tu peux parler de la beauté
sans te tromper.
Le noir de la forêt
s'approfondit grenat,
le coude de la route brille
sous le ciel d'orage
et l'herbe verte à la surface
de la terre souterraine.

Marc Petit

Garde les yeux ouverts
Sur la moisson traversée
Recule les frontières de ton jardin
Laisse les eaux se perdre
Et les cœurs s'absenter
Si les jours égrènent ce qui sépare
Il te reste ce qui est

Andrée Chedid

Parole de soleil :
« Signe ce que tu éclaires,
non ce que tu assombris. »

René Char

Et tu nages
dans le soleil
du retour

Alain Suied

Ne te retourne pas
Ouvre les yeux : les ailes de ton dos sont là
oui
devant toi
la cible est déjà contenue dans la flèche

Marc Delouze

Que l'importance soit dans ton regard, non dans la chose regardée.

André Gide

Je te convie à la topaze,
à la ruche
de la pierre jaune,
à ses abeilles,
au miel gelé
de la topaze,
à son jour d'or,
à la famille
de la tranquillité réverbérante :
Il s'agit d'une église
minuscule, établie dans une fleur

Pablo Neruda

Les étoiles comprennent ta langue
Et d'instant en instant, familières des distances,
Elle secondent ta pensée, lui fournissent des paroles,
Il suffit de prêter l'oreille lorsque se ferment les yeux.

Jules Supervielle

Et tout croît, et tout monte !

Arthur Rimbaud

De la plus éloignée
des étoiles
à ta peau
qui chatoie,
la lumière
ne trahit pas.
De si loin
à ici
elle dit vrai,
et traverse
l'espace
sans mourir.

Yves Simon

N'oublie pas de regarder cette étoile
ton étoile et ta destinée
et surtout garde ce sourire
de ta naissance
ce sourire qui te protège
et souviens-toi que tu vas vivre
une époque merveilleuse

Philippe Soupault

L'enfance,
Oui,
Celle qui t'accompagne.
L'enfance que tu es.

Eugène Guillevic

De ton enfance au gré des voyages,
de tes rixes, de tes trépas minimes,
de l'oubli de toi-même,
il te restera le bleu
dont on fait les poèmes.

Jacques Izoard

Reprends le jeu perdu
Des années closes de l'enfance,
Le miroir qu'elles ont laissé.
Reprends le moi perdu
Des années longues de l'absence,
Ses paupières enfin baissées

Pierre Torreilles

Si l'enfant ancien
sommeille encore en toi
Gardant le souvenir
de la faute première,
Dis : « J'ai le dos tourné
peut-être à la lumière » ;
Dis : « J'étais un esclave
et croyais être un Roi. » ;
Pour t'en aller gaiement,
frère des hirondelles,
Reprends ton cœur, reprends ton âme,

ces deux ailes ;
Et grâce à ce fardeau redevenu léger,
Emporte alors l'enfant, mère,
sœur ou compagne,
Comme l'ange en ses bras
emporte la montagne ;
Enivre-toi du long plaisir de voyager ;
Que ta faim soit paisible
et que ta soif soit pure ;
Bois à tout cœur ouvert,
mange à toute âme mûre !

Germain Nouveau

Pour ce que tu veux rapprocher
Allume l'aube dans la source
[...]
Et le nuage le plus vague
La parole la plus banale
L'objet perdu
Force-les à battre des ailes
Rends-les semblables à ton cœur
Fais-leur servir la vie entière.

Paul Eluard

Ne rejette pas
le désert où les mots
savent fleurir vers toi
Pour toi

Marc-Alain Ouaknin

À l'étroit dans ton souffle
Creuse ta floraison.
Il y a à fleurir
Sous les décombres
De la porte murée.

Gaspard Hons

Si tu veux réussir l'existence d'un arbre,
Investis-le d'espace interne, cet espace
Qui a son être en toi. Cerne-le de contraintes.
Il est sans borne, et ne devient vraiment un arbre
Que s'il s'ordonne au sein de ton renoncement.

Rainer Maria Rilke

Te voilà plus humain pour être devenu
Tout pareil à cet arbre, et pris à son attente,
Comme lui : seul, pris dans sa solitude, nu,
Sans espérance que ce désir où vous hantent
Une sève et le sang jaillis du temps fidèle.

Georges-Emmanuel Clancier

Entre nous deux
il y a le soleil
il y a les cailloux
et les arbres
ce sont des liens
et nos biens

Edmond Jabès

Dans la terre, un pépin de pomme.
Dans le pépin, le germe se dresse vers la lumière.
[...]
Dans le pépin, l'appel du pommier planté en terre,
Dans la terre, un pépin de pomme.

Ton nom est ainsi marqué
    dans tous les pépins.
Et se trouvent cachés là
    dans un étui minuscule
Toutes les pommes qui en naîtront
Toutes les feuilles qui chantent
Tous les oiseaux du feuillage

Tous les insectes du tronc
Toute l'ombre sur la terre
Tout le bleu du ciel
Tout l'espace du verger
Toutes les soifs étanchées
Toutes les saveurs tous les fruits
Toutes les pommes à venir
Près de ton nom secret
  Ton nom à jamais caché
  Au cœur d'une logette obscure
  Dans le pépin de la pomme cueillie ce matin
  Au pommier qui garde ton nom
  Gravé sur le tronc.

Jacques Charpentreau

Tu te rapproches de la Terre. Un peu plus.
Les yeux fermés tu contemples une pierre.
Petite. Inhabitable. Presque blanche.
Eau, elle serait la perfection...

Eugénio de Andrade

surprends ta mémoire,
fais-en le lit de ta pensée
et de l'évidence féconde.

Jean-Pierre Siméon

Respecte dans la bête un esprit agissant :
Chaque fleur est une âme à la Nature éclose ;
Un mystère d'amour dans le métal repose ;
« Tout est sensible ! » Et tout sur ton être est puissant.
[...]
Souvent dans l'être obscur habite un Dieu caché ;
Et comme un œil naissant couvert par ses paupières,
Un pur esprit s'accroît sous l'écorce des pierres !

Gérard de Nerval

Tout parle. Et maintenant, homme,
sais-tu pourquoi
Tout parle ? Écoute bien.
C'est que vents, ondes, flammes,
Arbres, roseaux, rochers, tout vit !

Victor Hugo

À toi-même transparent
Tu caresses un seul rêve :
Seule lune sur seul étang
D'où s'envola l'oie sauvage
Vers l'infini ouvert
Au-dedans de toi-même

François Cheng

Regarde le soir comme si le jour y devait mourir ;
et le matin comme si toute chose y naissait.
Que ta vision soit à chaque instant nouvelle.
Le sage est celui qui s'étonne de tout.

André Gide

Écoute cependant ! Il est dans la nature
Je ne sais quelle voix sourde, profonde, obscure,
Et qui révèle à tous ce que nul n'a conçu ;
Instinct mystérieux d'une âme collective,
Qui pressent la lumière avant que l'aube arrive,
Lit au livre infini sans que le doigt écrive,
Et prophétise à son insu.

Alphonse de Lamartine

Il ne suffit pas de rêver,
il faut aussi que tu saches
comment offrir un lit à
tes rêves.

Adonis

Ce soir sur le couchant,
se lève
Une étoile dont tu sauras
Orner le ciel pur de ton rêve.

Francis Carco

Laisse l'herbe pousser
en dehors de ton songe
Et puis tu reviendras voir ce qui s'est passé.

Jules Supervielle

Là-haut, sur chaque cime,
Tout respire la paix ;
Un souffle à peine anime
La crête des forêts ;
Les oiseaux font silence
Et toi-même, bientôt,
- Un peu de patience -
Trouveras le repos.

Johann Wolfgang Von Goethe

Ces jours qui te semblent vides
Et perdus dans l'univers
Ont des racines avides
Qui travaillent les déserts.
La substance chevelue
Par les ténèbres élue
Ne peut s'arrêter jamais,
Jusqu'aux entrailles du monde,
De poursuivre l'eau profonde
Que demandent les sommets.

Patience, patience,
Patience dans l'azur !
Chaque atome de silence
Est la chance d'un fruit mûr !
Viendra l'heureuse surprise :
Une colombe, la brise,
L'ébranlement le plus doux,
Une femme qui s'appuie,
Feront tomber cette pluie
Où l'on se jette à genoux !

Paul Valéry

Accomplis-toi, deviens par le moment mouvant
L'humain, le jour qui se devine et se devance,
Le possesseur avide et longuement vivant

Jean-Claude Renard

Quand tu voudras gravir la montagne abrupte.
Le souffle te manquera,
Mais une fois au sommet,
Tu entendras dans les rochers crier les aigles,
Tu seras presque un aigle toi-même,
Tu seras comme à nouveau né,
Tu te sentiras libre, tu sentiras
Qu'en bas la perte n'est pas trop grande.

Heinrich Heine

Cherche le poème,
c'est-à-dire l'unité
de vision. Tu trouveras
la poésie, c'est-à-dire
la conscience, dans
l'expérience du langage,
de l'invincible agir divin.

Pierre Oster

Des humains suffrages,
Des communs élans
Là tu te dégages
Et voles selon.

Arthur Rimbaud

Regarde, vue aquiline, frénésie des pics énormes,
et monte en toi-même au plus haut comme
l'étincelle et comme le parfum !
Tout ce qui s'étale dans ton espace est amoureux
de ton regard,
et ton regard le suscite et le multiplie comme
les baisers multiplient la bouche aimée.
Ô baisers dans l'espace, fugue des merveilles que
les harmoniques du regard entraînent en perles
nécessaires et l'une après l'autre frissonnant de
tout son orient dans la ronde !

Jean Cassou

À ton genou
finit le petit monde visible,
à ton genou
commence le grand monde
inconnu

Alain Bosquet

Vole, nage, marche au bras
des formes les plus grandes.
Passe au travers des murs de poudre.
À toi d'assiéger le monde !

Jean Tardieu

Il faut en tes élans
te dépasser sans cesse,
Être ton propre
étonnement.

Émile Verhaeren

Toute plénitude et tout dépassement T'appellent !

Jean-Claude Renard

Envole-toi bien loin de ces miasmes morbides ;
Va te purifier dans l'air supérieur,
Et bois, comme une pure et divine liqueur,
Le feu clair qui remplit les espaces limpides.

Charles Baudelaire

Pour atteindre
l'inaccessible,
il faut sourire
intérieurement.

André Velter

Il y a ton cœur montant comme une aile
choisissant la beauté du monde.

Jean-Pierre Siméon

EN L'AIR LÀ-HAUT, c'est là
que demeure ta racine, là,en l'air.
Là où le terrestre se met en boule,
terreux,
souffle-et-glaise.

Paul Celan

Patiemment, courageusement,
sans fléchir, construis
au-dessus des ténèbres
mouvantes l'aire lumineuse
de l'esprit, cercle parfait,
pour y battre et vanner,
tel un propriétaire,
les univers.

Nikos Kazantzaki

Le jaillissement de la lumière d'or
nous porte jusqu'aux nues
Enroulé dans la flamme d'or,
je descends à travers l'éther.
La balle d'argent se forme entre mes doigts,
Tombe et roule à tes pieds.
[...]
Enveloppante, enroulante, éclatante lumière
Devant tes yeux se meut dans l'air.
Tu as perçu les feuilles de la flamme.

Erza Pound

Tu poses avec moi
Le pied sur le premier
degré de l'escalier sans fin
Qui te porte
Qui te monte
Qui t'accomplit

Henri Michaux

Plaçant ton œil suprême
au zénith, regarde,
prononçant du zénith
ton JE suprême :
jaillie de la pure vision,
la lumière brille.

René Daumal

Tu seras de soleil.
Tu seras les milliers de regards
Humides au visage halluciné du cercle.
[...]
Tu rejailliras aux sources de ton cœur
Humblement.

Georges-Emmanuel Clancier

Écoute ! Si par négligence
tu laisses échapper cet instant
Tu feras bien des recherches
avec cent yeux, et cent flambeaux

Rûmî

De ta chair, de ta faim, de ta peur, de tes vertus et de tes vices, fais Dieu.

Nikos Kazantzaki

Peux-tu comprendre cela : toute sensation est d'une présence infinie.

André Gide

Est-ce trop te demander
que de te réjouir de ce
rythme joyeux ?
Est-ce trop te demander
que de te laisser ballotté,
brisé, égaré par le tourbillon
de cette formidable joie ?

Rabindranath Tagore

Voir le monde dans un grain de sable,
Et un ciel dans une fleur sauvage
Tenir l'infini dans le creux de la main
Et l'éternité dans une heure.

William Blake

tu te mettras à ce travail : toutes les possibilités harmoniques et architecturales s'émouvront autour de ton siège. Des êtres parfaits, imprévus, s'offriront à tes expériences. Dans tes environs affluera rêveusement la curiosité d'anciennes foules et de luxes oisifs. Ta mémoire et tes sens ne seront que la nourriture de ton impulsion créatrice. Quant au monde, quand tu sortiras, que sera-t-il devenu ? En tout cas, rien des apparences actuelles.

Arthur Rimbaud

N'entends-tu pas en toi de célestes pensées,
Par leur propre murmure assez récompensées ?
Le génie est-il donc extase ou vanité ?
N'écouterais-tu pas pendant l'éternité
Le bruit mélodieux de ses ailes de flamme
Que fait l'aigle invisible en traversant ton âme ?
Le cœur a-t-il besoin que dans ses sentiments
Tout l'univers palpite avec ses battements ?
Eh ! qu'importe l'écho de ta voix faible ou forte ?
N'est-il pas aussi long que le vent qui l'emporte ?
Ne se confond-il pas dans cet immense chœur
Que la vie et l'amour tirent de chaque cœur ?

Alphonse de Lamartine

Écoute frémir l'espace initial.
Écoute vibrer le point infini.
Toi aussi, tu dois
gravir l'échelle du retour.

Alain Suied

Sens ton âme monter sur sa tige éternelle : l'émotion divine, et parvenir aux cieux, suis des yeux ton étoile, ou ton âme éternelle, entrouvrant sa corolle et parfumant les cieux.
À l'espalier des nuits aux branches invisibles, vois briller ces fleurs d'or, espoir de notre vie, vois scintiller sur nous, – scels d'or des vies futures, – nos étoiles visibles aux arbres de la nuit.

Écoute ton regard se mêler aux étoiles,
leurs reflets se heurter doucement dans
tes yeux, et mêlant ton regard aux
fleurs de ton haleine, laisse éclore
à tes yeux des étoiles nouvelles.
Contemple, sois ta chose, laisse
penser tes sens, éprends-toi de
toi-même épars dans cette vie.
Laisse ordonner le ciel à tes yeux,
sans comprendre, et crée de ton
silence la musique des nuits.

Paul Fort

Où réside le bonheur ?
En tout ce qui, d'un signe,
Invite nos esprits consentants
à une communion divine,
Communion avec l'essence ;
jusqu'à nous faire resplendir,
Au terme de toute alchimie,
affranchis de l'espace.
        Contemple
La claire religion du ciel ! Enveloppe

D'un pétale de rose le fuseau de ton
doigt effilé
Et rafraîchis ainsi tes lèvres.
Silence, écoute ; lorsque les
        accents aériens
De la musique, ce baiser,
pénètrent les vents en liberté
Et d'un toucher compatissant vont délier
L'éolienne magie que recelaient
leurs flancs lumineux

John Keats

Les mille voix de l'énorme mystère
Parlent autour de toi,
Les mille lois de la nature entière
Règnent autour de toi,
Les arcs d'argent de l'invisible
Prennent ton âme et sa ferveur pour cible.
Mais tu n'as peur, oh ! simple cœur,
Mais tu n'as peur puisque ta foi

Est que toute la terre collabore
À cet amour que fit éclore
La vie et son mystère en toi.
Joins donc les mains tranquillement
        Et doucement adore.
Un grand conseil de pureté
Et de divine intimité
Flotte, comme une étrange aurore,
Sous les minuits du firmament.

Émile Verhaeren

Le matin sûrement va venir ;
la ténèbre céder, et ta voix
va s'épandre en jaillissements
d'or ruisselant à travers le ciel.
Tes paroles alors s'essoreront
en chansons de chacun de mes nids
d'oiseaux et tes mélodies éclateront
en fleurs sur toutes les charmilles
de mes forêts.

Rabindranath Tagore

Mets-toi à la place des
dieux et regarde-toi.
Une seule fois en naissant
échangé, corps sarclé
où l'usure échoue, tu es
plus invisible qu'eux.
Et tu te répètes moins.

René Char

La conscience exacte de soi
Disparaît dans la solitude.
Elle vient vers nous, l'infinitude...
Nous serons dieux, nous serons rois.

Michel Houellebecq

Regarde, maintenant
tu peux voir :
Tous les hommes, tous les
peuples, les bêtes, les plantes,
les dieux et les démons, tous
se jettent en avant, vers en haut,
comme emportés par
un souffle tout-puissant
et mystérieux.

Nikos Kazantzaki

Tu surgiras, jetant sur le vaste
Univers
L'Amour infini dans un infini
sourire !
Le Monde vibrera comme
une immense lyre
Dans le frémissement
d'un immense baiser !

Arthur Rimbaud

Tout ce qui existe, à chaque instant oublie-le pour la vision qui en est la faveur.

Joë Bousquet

Prie les corps des hommes,
– les vivants –,
prie-les
d'être
l'Écriture
le message d'Univers,
le don du genre humain
à l'immensité,
à l'espace et au temps,

implore-les
de devenir
le souffle du monde,
l'extravagant poème
d'ici,
parti des confins de la Terre :
Six milliards de lettres
pour raconter
le lien.

Yves Simon

dans la bouche d'une étoile
laisse frémir l'innocence

jusqu'à la fin des mondes
jusqu'au bleu de l'esprit

la forêt des poumons
traversée par le vent

Zéno Bianu

Pars donc dans le sillage
De ta nouvelle étoile
Vers le rivage de diamant
[...]
Que sur cette île enfin
renaisse
La forêt drue de tes désirs

Emmanuel Roblès

Sache que l'âme est la source,
et toutes les choses créées,
des ruisseaux.
Tant que demeure la Source,
s'écoulent les ruisseaux.
Chasse le chagrin de ton esprit,
bois l'eau de ce ruisseau ;
Ne crains pas que l'eau tarisse,
car elle est sans fin...
Vois comme est devenu un tout
ce corps, qui est une partie de ce
monde de poussière !

Quand tu auras voyagé à partir de ta
condition d'homme, sans nul doute,
tu deviendras ange.
Quand tu en auras fini avec la terre,
ta demeure sera le ciel.
Dépasse le niveau de l'ange :
pénètre dans cet océan.
Afin que ta goutte d'eau devienne
une mer plus vaste
que cent mers d'Omân.

Rûmî

N'arrête pas l'oiseau qui traverse l'espace ;
Ne dirige vers lui ni flèche ni filet
Et contente tes yeux de son ombre qui passe
Sans les lever au ciel où son aile volait

Henri de Régnier

C'est fou ce qu'il y a de merveilles
dans le creux de ton oreille.

C'est fou ce qu'il y a de chemins
dans le creux de ton poing.

C'est fou ce qu'il y a de poèmes
dans le creux de toi-même.

Alain Serres

Écoute enfin : as-tu jamais songé à être libre ? Allons, je te laisse ici.
Tâche de tirer de tout cela des conclusions concernant ton cas personnel, et tu feras ce que tu voudras, si tu es ce que tu es.

René Daumal

SOURCES

Adonis p. 11 : *Le Poème de Babel*, © Voix d'Encre 2000 ; p. 30 : extrait de « La Rose » in *Un refuge dans l'éclair*, traduction Anne Wade Minkowski, recueilli dans *Mémoire du vent,* © Éditions Gallimard ; p. 93 : *Mihyar le Damascène,* © Éditions Sindbad ; p. 151 : « Il ne suffit pas de rêver » in *Pollens*, traduction Claude Esteban, recueilli dans *Mémoire du vent,* © Éditions Gallimard.

Eugénio de Andrade p. 146 : *Écrits de la terre*, © La Différence, 1998.

Guillaume Apollinaire p. 59 : *Alcools*, © Éditions Gallimard, 1920.

Louis Aragon p. 81 : « Le Lièvre » in *Le Bestiaire ou Cortège d'Orphée* recueilli dans *Œuvres poétiques*, Bibliothèque de la Pléiade, © Éditions Gallimard.

Miguel Angel Asturias p. 45 : *Miguel Angel Asturias par Claude Couffon*, © Seghers, 1970.

Charles Baudelaire pp. 82-83, 162 : *Les Fleurs du mal*, Garnier-Flammarion.

Tahar Bekri pp. 92, 107 : *Le Laboureur du soleil*, © Éditions Silex, 1983.

Zéno Bianu pp. 64, 192 : *Infiniment proche*, © Éditions Gallimard, 2000.

William Blake pp. 52, 173 : *Poems/Poèmes,* traduction M.-L. Cazamian, © Aubier-Flammarion (édition bilingue), 1968.

Yves Bonnefoy pp. 118, 126 : *Ce qui fut sans lumière*, © Éditions Gallimard, 1991.

Alain Bosquet pp. 13, 34, 160 : *Poèmes de la 22e année*, © La Différence, 1992.

Joë Bousquet pp. 48, 55, 91, 189 : *Mystique*, © Éditions Gallimard, 1973.

Emily Jane Brontë p. 102 : extrait de « Comme la terre est encor belle » in *Poèmes,* traduction Pierre Leyris, © Gallimard, 1963.

Francis CARCO p. 152 : *La Bohème et mon cœur*, © Albin Michel, 1950.
Jean CASSOU pp. 88, 98, 159 : extrait du « Sonnet VII », extrait du « Sonnet XIII » in *Trente-trois sonnets composés au secret* ; extrait de « Comme une tête qu'on traîne par les cheveux… » in *La Rose et le vin*, recueilli dans *Trente-trois sonnets composés au secret,* © Éditions Gallimard, 1995.
Jean CAYROL p. 51 : *Poèmes Clefs*, © Éditions du Seuil, 1985.
Paul CELAN p. 28 : extrait de « Éloge du lointain » in *Pavot et mémoire* ; p. 164 : extrait de « En l'air là-haut… » in *La Rose de personne*, recueillis dans *Choix de poèmes réunis par l'auteur*, traduction Jean-Pierre Lefebvre, © Éditions Gallimard, 1998.
René CHAR p. 13 : *En trente-trois morceaux*, recueilli dans *Œuvres complètes*, Bibliothèque de la Pléiade, © Éditions Gallimard ; p. 39 : *Feuillets d'Hypnos*, recueilli dans *Fureur et Mystère*, © Éditions Gallimard ; p. 94 : *Rougeur des matinaux*, recueilli dans *Les Matinaux*, © Éditions Gallimard ; p. 128 : extrait de « Peu à peu, puis un vin siliceux » in *La Nuit talismanique qui brillait dans son cercle*, recueilli dans *Œuvres complètes*, Bibliothèque de la Pléiade, © Éditions Gallimard ; p. 185 : *Contre une maison sèche,* recueilli dans *Le Nu perdu et autres poèmes 1964-1975*, © Éditions Gallimard.
Jacques CHARPENTREAU pp. 144-145 : « Où se cache la vie », *La poésie dans tous ses états*, © Éditions ouvrières, 1984.
Andrée CHEDID pp. 12, 22, 104, 128 : *Andrée Chedid par Jacques Izoard*, © Seghers 1977 ; p. 58 : *Visage premier*, © Flammarion, 1972 ; p. 90 : *Fraternité de la parole*,

© Flammarion, 1976 ; p. 122 : *Contre-Chant*, © Flammarion, 1968.
François CHENG p. 17 : *Cantos Toscans*, © Éditions Unes, 1999 ; p. 29 : *Double Chant*, © Éditions Encre marine (Fougères, 42220 La Versanne), 2000 ; p. 149 : *Un jour les pierres*, © Éditions Encre marine, 1998.
Georges-Emmanuel CLANCIER pp. 99, 106, 142, 169 : extrait de « D'un hiver, I », extraits de « D'un hiver, III », extrait de «Regards, III », in *Le Paysan céleste*, recueilli dans *Une voix*, © Éditions Gallimard, 1956.
Paul CLAUDEL pp. 60-61 : extrait de « La Muse qui est la grâce » in *Cinq Grandes Odes*, © Éditions Gallimard, 1957-66.
René DAUMAL pp. 168, 198 : extraits de « Clavicules d'un grand jeu poétique » in *Le Contre-Ciel,* © Éditions Gallimard, 1955, 1970, 1990 (édition définitive).
Marc DELOUZE pp. 35, 130 : *Tu es beaucoup à te croire tout seul,* © La passe du vent (« La Callonne », 01090 Genouilleux), 2000.
Pierre DHAINAUT p. 25 : *À travers les commencements,* © Paroles d'Aube.
Emily DICKINSON p. 120 : « Ne juge pas si lointain ce qui peut s'atteindre » in *Quatrains et autres poèmes brefs*, traduction Claire Malroux, © Gallimard, avec l'aimable autorisation de Michelle Lapautre.
Zakari DRAMANI-ISSIFOU p. 126 : *Les Dires de l'arbre-mémoire*, coll. « Le dé bleu », © Éditions Le dé bleu (85310 Chaille-sous-les-Ormeaux, 1999).
Paul ELUARD p. 140 : extraits de « Si tu aimes » in *Le Livre ouvert,* © Éditions Gallimard.
Claude ESTEBAN pp. 44, 120 : *Élégie de la mort*, © Flammarion, 1989.

Paul Fort pp. 86-87, 112, 178-179 : *Ballades françaises,* © Flammarion, 1983.
Khalil Gibran pp. 42, 69, 115, 123 : *Le Sable et l'Écume - Aphorismes*, coll. « Spiritualités vivantes », © Albin Michel, 1997.
André Gide pp. 131, 150, 171 : *Les Nourritures terrestres*, © Éditions Gallimard, 1917 pour la première édition.
Johann Wolfgang von Goethe pp. 54, 153 : *Ballades et autres poèmes*, traduction Jean Malaparte, © Aubier, 1996.
José Agustin Goytisolo p. 25 : *José Agustin Goytisolo*, © Textuel, 2000.
Eugène Guillevic pp. 38, 68 : *Sphère,* © Éditions Gallimard; pp. 23, 76, 136 : *Maintenant*, © Éditions Gallimard, 1993.
Heinrich Heine p. 156 : extrait de « Pars au loin ! » in *Nouveaux poèmes*, traduction Anne-Sophie Astrup et Jean Guégan, © Éditions Gallimard, 1998.
Hermann Hesse pp. 66, 80 : *Poèmes choisis et traduits par Jean Malaparte*, © Librairie José Corti, 1994.
Friedrich Hölderlin pp. 16, 56 : extraits de « Courage du poète » in *Odes*, traduction Robert Rovini, recueilli dans *Odes, Élégies, Hymnes*, © Gallimard, 1979-1993.
Gaspard Hons p. 141 : *Visage racinéant*, © Rougerie Éditeur (Mortemart 87330), 1999
Michel Houellebecq p. 186 : *La Poursuite du bonheur*, © Éditions Librio, 1997.
Victor Hugo pp. 39, 70, 148 : *Les Contemplations (1856)*, Le Livre de poche; *Les Chants du crépuscule*, Éditions Gallimard.
Jacques Izoard p. 136 : *Le Bleu et la poussière*, © La Différence.

Edmond Jabès p. 143 : extrait de « Le rocher de la solitude » in *La Clef de voûte*, recueilli dans *Le Seuil*, © Éditions Gallimard, 1943-1988.
Nuno Judice p. 47 : extrait de « Ode » in *Un chant dans l'épaisseur du temps*, traduction Michel Chandeigne, © Éditions Gallimard, 1996.
Charles Juliet p. 95 : *L'Œil se scrute*, © Fata Morgana, 1976 ; p. 114 : *L'Inexorable trop ardent*, © Fata Morgana, 1984.
Nikos Kazantzaki pp. 46, 165, 170, 187 : *Ascèse, Salvatores Dei*, texte établi par Aziz Izzet, © Le Temps qu'il fait, 1988.
John Keats pp. 180-181 : *Poèmes choisis*, © Aubier-Flammarion, 1968.
Abdellatif Laâbi pp. 41, 53, 57 : *Discours sur la colline arabe*, © Éditions L'Harmattan, 1985.
Alphonse de Lamartine pp. 93, 150, 176 : *Recueillements poétiques*, Garnier, 1966.
Leconte de Lisle p. 97 : extrait de « Midi » (poèmes antiques) in *Anthologie de la poésie française*, André Gide, Bibliothèque de la Pléiade, © Éditions Gallimard.
Charles van Lerberghe p. 113 : *La Chanson d'Ève*, © Mercure de France.
Daniel Maximin p. 31 : *L'Invention des désirades*, © Présence africaine Éditions (25 *bis* rue des Écoles, 75005 Paris), 2000.
Henri Meschonnic p. 64 : *Je n'ai pas tout entendu,* © Dumerchez, 2000.
Thierry Metz p. 75 : *Dialogue avec Suso*, © Éditions Opales/Pleine page, 1999.
Henri Michaux pp. 16, 52 : extraits de *Poteaux d'angle,* © Éditions Gallimard 1981 ; pp. 78-79, 167 : extraits de « Agir, je viens » in *Poésie pour pouvoir* recueilli dans *Face aux verrous,* © Éditions Gallimard, 1992 (dernière édition).
O. V. de L. Milosz p. 48 : « Chant du chevalier Zyndram » in *Les Sept Solitudes*

(Poésies I), © Éditions André Silvaire.
MOWLÂNÂ p. 111 : extrait de « Jour de rire » in *Le Livre de Chams de Tabriz,* traduction Mahin Tajadod, Nahal Tajadod et Jean-Claude Carrière, © Éditions Gallimard, 1988.
Alfred de MUSSET p. 38 : *Poésie nouvelle,* Flammarion, 2000.
Pablo NERUDA p. 19 : extrait de « Ode au fil » in *Odes élémentaires,* traduction Jean-Francis Reille, © Éditions Gallimard, 1974 ; p. 116 : extrait de « Ode au présent » in *Nouvelles Odes élémentaires,* traduction Jean-Francis Reille, © Éditions Gallimard, 1974 ; p. 132 : extrait de « Je te convie à la topaze » in *Pierres du ciel,* traduction Claude Couffon, © Éditions Gallimard, 1972.
Gérard de NERVAL p. 147 : *Les Chimères,* Librairie Droz, 1969.
Germain NOUVEAU p. 139 : in *Germain Nouveau par Louis Forestier,* © Seghers, 1971.
NOVALIS p. 62 : *Hymne à la nuit, Cantiques,* © Aubier-Montaigne, 1943.
Pierre OSTER pp. 54, 157 : extrait de « Notes du Champ de mai », extrait de « Requêtes » in *Paysage du Tout,* © Éditions Gallimard, 2000.
Marc-Alain OUAKNIN p. 141 : *Je suis le marin de tes yeux,* coll. « Grand pollen », © Éditions Alternatives, Paris, 2000.
Octavio PAZ pp. 58, 130 : *Figures et figurations,* traduction Yésé Amory, © Mercure de France, 2000.
Fernando PESSOA p. 65 : *Cancioneiro,* © Christian Bourgois, 1988.
Marc PETIT p. 127 : *Le Temps des traces*, © P .J. Oswald/Action poétique, 1976.
Gérard PFISTER pp. 32, 72, 77, 115 : *Sur un chemin sans bord,* © Éditions Lettres Vives, 1987.

André Pieyre de Mandiargues p. 103 : extrait de « Pont-Neuf » in *Ruisseau des solitudes,* © Éditions Gallimard, 1968.
Edgar Allan Poe p. 37 : *Les Poèmes d'Edgar Poe,* traduction Stéphane Mallarmé, Charles Baudelaire, © Éditions Gallimard, 1982.
Ezra Pound pp. 74, 166 : Extraits de « Phanopoeia », traduction Michèle Pinson, et de « À un ami », traduction Alain Suied, textes recueillis dans *Poèmes,* © Éditions Gallimard, 1985.
Gisèle Prassinos p. 74 : *L'Instant qui va*, © Éditions Folle Avoine, 1985.
Henri de Régnier pp. 101, 196 : *Poèmes,* © Mercure de France, 1981.
Jean-Claude Renard pp. 35, 40, 105, 156, 162 : *Choix de poèmes,* © Éditions du Seuil, 1987.
Georges Ribemont-Dessaignes pp. 36, 67 : extrait de « Strophes de l'amour », extrait de « En toi tes frères » in *Ecce Homo,* © Éditions Gallimard, 1945, 1987.
Rainer Maria Rilke pp. 96, 108-109, 142 : *Vergers,* © Éditions Gallimard, 1978.
Arthur Rimbaud pp. 133, 158, 188 : *Poésie*; pp. 174-175, *Illuminations,* Presses Pocket, 1981.
Emmanuel Roblès p. 193 : *Un amour sans fin*, suivi de *Les Horloges de Prague*, © Éditions du Seuil, 1976.
André Rochedy pp. 24, 85 : *Le Chant de l'oiseleur*, © Cheyne éditeur, 1993.
Claude Roy pp. 73, 117 : extrait de « L'attente », extrait de « Tourneterre » in *Poèmes à pas de loup*, © Gallimard, 1997.
Rûmî pp. 15, 170 : *Les Quatrains de Rûmî,* © Albin Michel, 2000 ; pp. 194-195 · *Le Chant du soleil,* © Éditions de La Table ronde, 1997.
Victor Segalen p. 84 : *Stèle,* coll. « L'œil du poète », © Textuel, 1998.

Alain Serres p. 197 : *N'écoute pas celui qui répète*, © Cheyne Éditeur, 1991.
Percy Bysshe Shelley pp. 27, 50 : *Hymne à la beauté intellectuelle et autres poèmes,* traduction Florence Guilhot, © Éditions Ressouvenances, 1983.
Jean-Pierre Siméon pp. 89, 101 : *Ouvrant le pas,* coll. « Verte », © Cheyne Éditeur, 1999 ; pp. 146, 164 : *Poèmes du corps traversé,* coll. « Verte », © Cheyne Éditeur, 1987.
Roger Siméon p. 50 : cité par Jean-Pierre Siméon in *Ouvrant le pas*, *op. cit.*
Yves Simon pp. 121, 134, 190-191 : *Le Souffle du monde,* © Éditions Bernard Grasset, 2000.
Alain Suied pp. 18, 129, 177 : *Le Premier Regard*, © Arfuyen, 1995; pp. 36, 63 : *Le Pays perdu*, © Arfuyen, 1997.
Philippe Soupault p. 135 : *Poésies pour les amis des enfants,* © Lachenal & Ritter, 1983.
Jules Supervielle pp. 133, 152 : extraits de « Solitude » et de « Faire place » in *Les Amis inconnus*, © Éditions Gallimard.
Rabindranath Tagore p. 107 : extrait de « Qui es-tu lecteur… » in *Le Jardinier d'amour,* traduction H. Mirabaud-Thorens, © Éditions Gallimard, 1963, 1980; p. 172 : extrait de *De l'aube au crépuscule,* © Éditions de La Table Ronde, 1998; p. 184 : extrait de « Si tu ne parles pas » in *L'Offrande lyrique*, traduction André Gide, © Éditions Gallimard.
Jean Tardieu p. 160 : extrait de « Suite mineure » in *Le Témoin invisible*, recueilli dans *Le Fleuve caché,* © Éditions Gallimard, 1934-66.
Pierre Torreilles pp. 119, 125, 137 : extrait de « Reprends le jeu perdu »,

extrait de « Dans la nécessité de faire... », extraits de « Lève les yeux » in *Denudare,* © Éditions Gallimard, 1973.

Charles TRENET p. 21 : *Je chante,* © Albin Michel, 2000.

Tristan TZARA p. 14 : *Midis gagnés,* © Flammarion.

Paul VALÉRY pp. 71, 154-155 : extraits de « Palme » in *Charmes* recueilli dans *Poésies*, © Éditions Gallimard.

André VELTER pp. 26, 70, 163 : « D'un regard mesure le vide », extrait de « Au-delà des dunes... », extrait de « Le souffle est notre seule réalité » in *Le Haut-Pays,* © Éditions Gallimard, 1995.

Émile VERHAEREN pp. 103, 110, 182-183 : *Les Heures,* © Jacques Antoine (55-57, rue des Éperonniers, Bruxelles), 1978 ; p. 161 : *Émile Verhaeren par Stefan Zweig,* traduit de l'allemand par Paul Morisse et Henri Chervet, © Belfond, 1985.

Paul VERLAINE pp. 56, 80 : *Œuvres poétiques complètes,* coll. « Bouquins », Laffont, 1992.

Alfred de VIGNY p. 94 : *Œuvres poétiques,* Garnier-Flammarion, 1978.

Walt WHITMAN pp. 20, 33, 43, 49, 65, 124 : *Feuilles d'herbe,* traduction Roger Asselineau, © Flammarion (édition bilingue), 1972.

William WORDSWORTH p. 100 : *Ballades lyriques*, traduction Dominique Peyrache-Leborgne, Sophie Vige, © Librairie José Corti, 1997.

DU MÊME AUTEUR

Aux Éditions du Cerf
L'Image de l'enfant au cinéma
(Collection 7ème Art, 1991)

Aux Éditions Souffles
Les Années d'absence
(roman, 1988)

Aux Éditions de l'Harmattan
Les Feux grégeois
(roman, 1999)

*L'impression et le brochage ont été effectués
sur presse Cameron dans les ateliers
de **Bussière Camedan Imprimeries**
à Saint-Amand-Montrond (Cher),
pour le compte des Éditions Albin Michel.*

Achevé d'imprimer en août 2001.
N° d'édition : 12215. N° d'impression : 013596/4.
Dépôt légal : septembre 2001.